麦唛系列

恐龙恋曲

谢立文 编著　　麦家碧 插画

接力出版社
Publishing House

桂图登字: 20-2002-105

本作品简体中文版由博识出版有限公司授权接力出版社独家出版发行
非经书面同意，不得经任何形式复制或转载

图书在版编目(CIP)数据

恐龙恋曲/谢立文编著；麦家碧插画. ——南宁：接力出版社，2003.10
（麦唛系列；第2辑）
ISBN 7-80679-453-0

Ⅰ.恐…　Ⅱ.①谢…②麦…　Ⅲ.漫画－作品集－中国－现代
Ⅳ.J228.2

中国版本图书馆 CIP 数据核字（2003）第 085603 号

文字编辑：李朝晖　余　人
美术编辑：郭树坤　黄　嵘
责任校对：蒋强富　谭　君
责任监印：刘　签

出版人：李元君
出版发行：接力出版社
社址：广西南宁市园湖南路9号　　邮编：530022
电话：0771-5863339（发行部）　5866644（总编室）
传真：0771-5863291（发行部）　5850435（办公室）
E-mail:jielipub@public.nn.gx.cn

经销：新华书店
常年法律顾问：北京天驰律师事务所

印制：北京华联印刷有限公司
开本：840毫米×1340毫米　　1/32
印张：4.5　　字数：58千字
版次：2004年6月第1版　　印次：2004年6月第1次印刷
印数：00 001 — 30 000 册
定价：19.80元

She is coming, my life, my fate ...

—— Lord Tennyson

麦唛系列
恐 龙 恋 曲

序 曲

在很久很久以前，男人和女人是结合在同一个身体的。

他们有两个机灵的脑袋，四手四足，整天无拘无束地滚来滚去，天地不过是他们的乐园。

他们是地上之王，甚至敢于登天，触犯天神。

……

对于骄傲的人类，天神甚至想过用对付巨人的方法，一个霹雳把整个人类消灭……

轰!!

结果天神还是选择了一个较仁慈——又或者更不仁慈的方法。它把人类一分为二，从此男的一半，女的一半，都摇摇摆摆地用他们半边的腿，彳亍地踏上永远孤独的路。

但失散了的身体，至死那天都不能忘记往日的另一半，一百年，二百年，一千年，一万年……

……直至千万年后，一个很偶然很偶然的时空里，两个完全陌生的人，相遇……

恐龙恋曲之第一乐章

"天！她真是美绝了！"

这句话在他心里早已响起了千万遍。她未必便是怎样的美绝，只是每次见她，他都有一种难以言喻的熟悉的感觉，仿佛预见了将来。

他们在同一大厦里上班已有一年多，每天总会碰见一两次。可是在那不过是数十秒的相遇过后，大家又各自隐没在人潮中，日复一日，天天如此。

直至这天，天使似乎挥动了神仙棒——

叮!

世界只剩下两个人。

他知道这是千载难逢的机会，于是鼓起了最大的勇气，用的却是最含蓄的手段——他抢在她前面，替她按按钮。

只是在慌忙间，他本要替她按20，却错按了旁边的8！

一段良缘，便是如此的幻灭了。

叮！

到了八楼，他惟有自己走出电梯。

"唉！"怨命也没用，
还是回公司上班。

叮!

电梯门打开，又见到她。原来刚
才的电梯还未离去……

他硬着头皮又走了进去。

叮!

电梯门一打开，他连忙往外冲出。

——却发现还未到公司所在的那层。

回头一望，见电梯门依然开着，似乎在等待着他回来。于是他又走了进去。

……

叮!

……最后她走了。

嘭！嘭！嘭！嘭！……
　　情人拿自己的头做敲击乐器，
这是一件十分普遍的事。

叮！

十六楼？她要去的是二十楼啊……

叮!

　　万水千山，迂回曲折，男主角终
于吐出第一句话。

麦唛的手表

　　妈妈买了个手表给麦唛。麦唛接过一看，
发觉表面的针在滴滴答答地走动——那手表竟
然是真的!

麦唛高兴得不得了，马上
便戴上手表到外面走走。

遇见得巴，麦唛一边闲谈着，心
里却等待得巴问他一个十分重要的
问题……

可是谈了半天，得巴始终
没有把问题提出，麦唛耐不
住，惟有自己问。

咦，也不知道
现在是几点了？

得巴说："啊！是吃饭的时候了！你听见我主人在敲碟子找我吗？"说着便飞身回家去了。

原来猫是不用看表的，这真叫人有点失望……

咦，不知道现在是几点了？

路上，麦唛又遇上阿辉。麦唛跟阿辉寒暄了不一会儿，又忍不住问。

阿辉忽然望着自己的影子说："啊！是该到池塘游泳的时候了。每天我的影子跟我的身体差不多大时，我都约了朋友到池塘游泳的。"阿辉说罢便离开了。

"什么？……"

当麦唛遇上菇时的时候，麦唛冲口而出的便是那个很重要的问题。

"看！天上的鸟儿都赶着归巢了，我也要回家了。拜拜!"

......

......

"先生……"一个很低沉的声音忽然在麦唛的耳边响起。

麦唛兴奋得心都要
跳出来！他连忙看看自
己的手表……

……那长的针指着 12，短的
针指着6，还有一根很小的针不住
地在走着——麦唛忽然想起自己
还未学会看表！

不知道几点钟，麦唛惟有糊里糊涂地说了一些话。

鸟儿飞啰……影子啊——那喂猫儿吃饭的碟子敲得当当响啰！

"唉！又是这样说……难道所有人都不想知道几点钟吗？"

"想呀！想呀！几点钟呀？"麦唛问。

29

牛连忙看看自己新买的手表，却迟疑了一会才说。

于是麦唛很高兴地对牛说："看！我的表也是一样啊！"这还不是最奇妙的事情吗！

　　麦唛和牛继续对了一会儿表，直至麦唛的肚子咕
的一声叫了起来，大家才知道是回家吃晚饭的时候。
他们向对方说声拜拜，心里都感到十分快乐。

龟、猪、猫赛跑

　　“动物马拉松大赛分组赛即将开始。这次参赛的选手分别是一号的实肉得巴，二号的小猪麦唛和三号的乌龟阿辉。各选手看来都准备充分，战意高昂，吧啦吧啦……”

砰!

　　比赛开始了不过一会儿，一号的得巴已很明显地遥遥领先。二号小猪麦唛虽然落后得巴甚远，却也远离包尾的阿辉。

又跑了一会儿，
得巴回头一看，发觉
麦唛已落后了几个
山坡，至于阿辉更连
影也看不见。

得巴见胜利在握，
于是伸伸腰，在大树下
小憩片刻……

当麦唛跑到大树旁，发现一号选手早已沉睡过去。

见一号选手睡得这样甜，二号选手也热切地希望睡一会儿，因为二号选手是一只小猪。

可是麦唛随即觉察到要是自己睡去，三号阿辉会从后面赶上取得冠军。

阿辉努力不懈，才是应该学习的好榜样……可是睡觉是一只小猪的天职啊……又或者小睡片刻，养足精神，再全速冲往终点……又或者趁得巴未醒，努力取得冠军，回家才大睡一场……又或者——唉！睡还是不睡，这真是个问题……

对于这个问题，麦唛请教了达达。达达算了一轮，发觉不知道得巴还会睡多久，因此也算不出麦唛可不可以先睡一会儿。

于是麦唛找着了得巴的主人，问他得巴将睡多久才起床。

"这个我也不大清楚……不过我平日用摄影机拍下不少得巴睡觉时的情况，你要看看吗？"

"哈……"看见得巴那副睡相，麦唛放心许多了。

但这个三号……真的叫人惭愧！

麦唛好生苦恼，于是想到了朋友："咽 咽 咽 咽 咽……(喂，我是麦唛呀。出来喝点饮料吧……)咽 咽 ……"

　　一如所有的讨论，有人赞成，也有人反对。麦唛因是一位赛跑选手，较为清楚比赛的实际情况，所以不论朋友提出什么意见，他都能从一个较深入而全面的角度把提议驳倒。讨论虽还未有什么结果，但朋友们对麦唛的见识与分析能力都感到十分佩服。

　　冬冬！在一片热烈的讨论声中，忽然传来了两下叩门声。

原来是得巴和阿辉。

"……知道你有要事商量时，我刚巧外出参加一个比赛，回来后满身大汗，又得先洗个澡，结果迟到了这么久，真的不好意思……"

"你去参加了比赛吗？有没有得到冠军？"麦唛问。

"阿辉得到冠军，我得到亚军！"

"哗！好犀利呀！"麦唛禁不住拍手欢呼。

　　庆祝阿辉和得巴得到了冠军和亚军，大家把原来准备会议后用的茶点搬出来享用。临时开的小派对，气氛竟也十分热闹呢！

麦唛套餐

又是萝卜和青豆，闷死人啦！

麦唛一边走一边想：世上有这么多有趣的美食，却为什么老是给我喂萝卜和青豆？麦唛越想越气。

叮！麦唛眼前忽然出现了一个得巴仙子。据这位仙子自我介绍，他是一个刚刚毕业的仙子，第一次正式出差，心情还不免有点紧张呢。

　　大家介绍过后，得巴仙子清清喉咙，满面凝重地开始说："肥猪仔，肥猪仔，看你闷闷不乐，一定是有些心愿不能达成。把你的愿望说出来，得巴仙子定能使你梦想成真！"

"哗，好啊！"麦唛欢呼，"我想要吃什么，妈妈便给我吃什么！葡萄啦、鸡腿啦、棒棒糖啦、冰淇淋啦——嗯……最好在冰淇淋上加一粒樱桃，可不可以？"

"当然可以，什么都可以。只是我神功初成，这套法术还有一点小毛病，那便是每次你愿望成真后，你的鼻子同时亦会缩小一丁点。可是，到你的鼻子缩到看不见的时候，你便不用再担心这些了。"得巴仙子说。

本来这是个不好答应的条件，但可能麦唛刚受完萝卜青豆的气，心中还很气恼，于是便愤慨激昂地说："大好小猪，管他什么鼻子！肚子才最重要啊！"

于是……

49

待麦唛睁开眼时，得巴仙子早已不知所终。麦唛对刚才
的事还是半信半疑，只是说了许多美味的食物，心中不禁希
望家里正有一顿丰富的晚餐等待着他……

"哗！"回到家里，麦
唛发现妈妈给他准备的正
好是他刚才希望吃到的食
物。

饱吃一餐，麦唛正在回味之际，忽然想起得巴仙子的话。

麦唛跳下床，跑到镜子前一看——咦！鼻子似乎真的缩小了一点！

……

自此，麦唛每次吃饭前，心里都非常矛盾。

一方面他希望妈妈给他这样那样好味道的食物，一方面却担心妈妈真的给他心里希望吃的食物。

　　为了消除这个烦恼，麦唛进行了一项大计划。每天早上，麦唛都跑到街市，记录各类蔬菜的价格，也走访了街市的小贩，了解蔬菜供应的详情。

　　经过多番努力，麦唛最终完成了"麦唛套餐"！那是麦唛为自己准备的一份一年三百六十五日早、午、晚餐皆适用的菜单。据麦唛研究所知，菜单内的食物一年四季都有供应，且价钱便宜，妈妈是没理由不接受的。

果然，妈妈每餐都完全按"麦唛套餐"照办。

就这样，麦唛不用再希望了——一切都在意料中。

可是麦唛，你这样不会很闷吗？

"一点也不闷——看！"

麦唛力量

在一个晴朗的星期天，麦唛跟爸爸妈妈到有机农场参观。

负责人向他们介绍，这农场采用纯天然的猪粪做肥料，比起一般的化学肥料，对植物或是环境都更有益处。对于麦唛来说，这无疑是一种恭维。

从来不懂谦虚的麦唛禁不
住把自己的优点流露出来。

目睹天然肥料，浑然天成，大家都兴奋得鼓掌叫好，
而麦唛亦接受着他前所未有的荣耀。

　　那次愉快的经验激发起麦唛的雄心：他决意要
把平日的功课发展成一种专门事业。大家对麦唛的
计划都表示支持，于是——

麦唛发出澎湃的力量："嗯——"

　　麦唛努力生产；缘缘搜集废纸，利用搅拌机制造包装用的再造纸；达达负责包装……过程一切顺利！

　　一星期后，麦唛的产品已排满了整整一大箱。

产品带到农场出售，不消片刻，就被抢购一空。

生意虽好，可是扣除支出——例如搅拌机所耗的电费、麦唛额外多吃的蔬果、交通费等等——麦唛发现这还不算一门赚钱的生意。

　　麦唛领悟到家庭式生产始终发展有限。
于是，他向爸爸借了一笔钱，在新界租了一
块空地——在这块小小的土地上，麦唛建立
了他的第一间工厂。

　　得到了同乡热情的帮助，麦唛很
快便聘得一班很有经验的工人。

"麦唛猪便"正式投入生产。

　　"麦唛猪便"一经推出便大受欢迎。除了农业上的应用外，不少人更把这些天然珍品带回家里，灌溉盆栽。而当此地一位美容权威指出它的护肤功能时，销量更是急升……

加上电视广告的兴风作浪，"麦唛猪便"数度脱销！

麦唛猪便工厂趁机上市集资，转眼间便发展成为一个跨国企业。

时至今日，猪便已成为现代家庭不可缺少的日用品。

同时，麦唛的产品亦更趋多元化。一系列带不同味道的猪便，适合各人独特的品味。

在消费者精益求精的规律之下，麦唛更突破性地推出改良产品，"顶尖麦唛"——"采用猪便最接近阳光的顶部，精华所在，效力更大……"

　　至于顶部以下的猪粪，除了部分运往发展中的国家外，其余都堆填在荒废了的土地上，据说这样还可使荒地肥沃起来。

　　可是在堆填区还未长出一条青草前，多余的猪粪已多得无处可堆。考虑到猪便比一般工业废料的毒素小，大家便把一堆堆的猪便烧掉。

　　这时候，人们都不得不站出来，一方面谴责猪粪的遗害，一方面也敦促坏境专家、科学家早日研究出一些可代替猪粪的新产品，好让大家继续尽情享受消费的乐趣。

恐龙恋曲之第二乐章

这是他们相识后的第一次约会。一如所料，气氛是极度沉闷的。

尽管是第一次见她，就有一种难以形容的熟悉的感觉，但毕竟，面前的人，除了她的面孔和名字之外，其余却是一无所知的了。不懂东拉西扯的他，也不能老瞪着人家的面孔，惟有垂下头，一匙一匙地把汤送进口里。

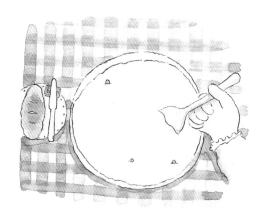

汤也是极沉闷的——鱼肚白的忌廉粟米汤，很偶然很偶然才捞到两粒粟米。

但世事也妙，正因为厨师吝啬那一点粟米，平滑如镜的汤面，竟照见了她的面容。

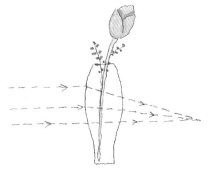

汤面的影像反射到台上的玻璃花樽，经过折射，正好把影像聚焦到台的另一方。

　　也在这万分之一秒间，情人刚好提起汤匙，把对
面传来的光粒子，向自己的眼睛拍去。

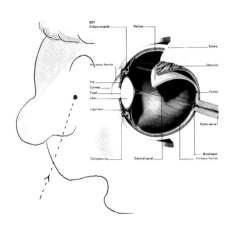

　　为着了解爱情的本质，我们不得不追踪光线进入
情人瞳孔后的一切变化。无可避免，以下的剖析，部
分画面可能引致读者一点不安。

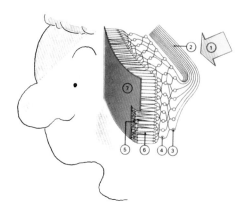

　　开始。送进瞳孔的光线借着晶状体的调焦作用,准确落在视网膜约一万二千五百万个视杆细胞及七百万个视锥细胞上,使细胞内的色素产生一股微弱的电流,迅速往脑部传去。

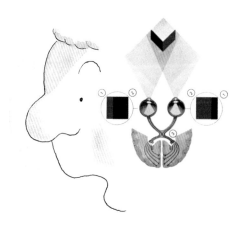

　　影像经视网膜传送至脑部的路程是交错进行的,即右面视区的信息会传至左脑,而左面视区的信息反而传到了右脑……

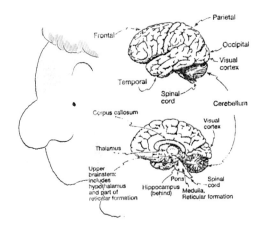

……但无论如何，她的影像，已进入了他的大脑……或准确地说，已进入了他的"第一次视觉区"！

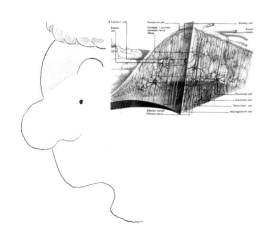

　　覆盖着他大脑的，是一层约二点五厘米的灰色物体，亦即我们所谓的"大脑皮层"，是一切认知、思考及判断等知性活动的大本营。为了进一步追踪信息进入大脑后的一连串变化，我们稍为撕开他一点点的大脑皮层看看，想也无伤大雅。

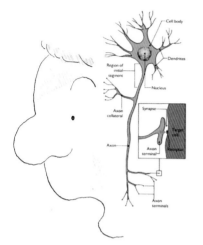

这薄薄的皮层，竟由一百四十亿个神经细胞构成。神经细胞以神经胞体为中心，一端向外伸展的是长轴突负责输出信号；另一端是许多分枝的树突负责把其他神经细胞信号输入胞体。

我们正看见他的一个神经单位,向着另一神经单位输出信息！原来它们连接之处，有约万分之一厘米的接缝(突触)，来自轴突的信号到达末端时，分泌出一种神经传导物质，信息传达到另一细胞。(突触的组合与思维整体关系，请参看Hebb, D.O., "The problem of consciousness and introspection." In "Brain mechanisms and conciousness"(ed.J.F. Delafresnaye,Blackwell,Oxford.)

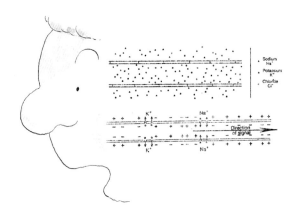

简单点说，神经信息的传送，不过是细胞膜内外正负离子(主要是 Na^+，K^+，Cl)的交换。经突触传送到的传导物质可能令细胞内外形成正电势差，也可能是负电势差，不同突触传至的信息相加起来，综合形成的电势差，决定了细胞内外离子流动的方向，亦即是决定了下一组连接着的细胞将接收到的信息。

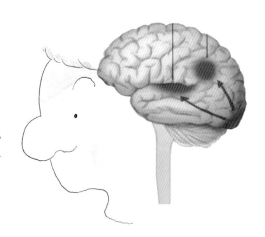

经过了如此精密的细胞活动，接收到的信息已从他的第一次视觉区，传到了头顶连合区及下侧头连合区，继而传到前头连合区……

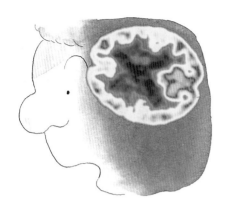

……便这样，她发出的信息在他的大脑里兜兜转转，兜兜转转，运算着他最应当作出的反应……

——扑哧！

他惟一的反应，竟是把自己的心呕了出来！

所幸他在死前一刻及时把心从汤里
捞出，送回口内，侥幸保住了性命。

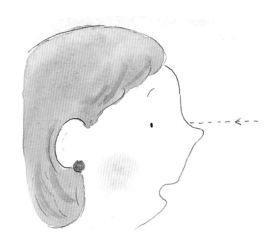

目睹了这生理学上最费解，
也最惊人的个案，这女子……

……竟然笑。

"恐龙恋曲"藕断丝连，
偶尔在《麦唛故事》里连载。

麦唛的游戏

　　麦唛和朋友玩"抢椅子"游戏。音乐开始，大家
围着椅子跑啊跑，心情都十分紧张。

音乐突然停下！

几经艰苦，麦唛最后
还是抢到一把椅子。

音乐又开始。

……这回麦唛却抢输了。麦唛想："这游戏实在太刺激，太刺激了！"

玩了大半天，麦唛到傍晚才回到家里。

"麦唛，这么晚才回来，吃饭啦！"

"爸爸……快点放下报纸，晚饭准备好了！达达、缘缘你们洗过手没有……"

"……每次都要人催的……饭菜快要凉啦……"

麦唛随着妈妈的声音跑呀跑，心情紧张得不得了！
"……吧啦吧啦吧啦……"

妈妈的声音突然停下！麦唛连忙跳上椅子——

"喎喎！（胜利！）"

这餐饭麦唛吃得特别开心，像在庆祝些什么似的。

麦唛发现这游戏还
有很多种玩法。

......

"咽咽！"

　　渐渐地，麦唛便是喝一杯水，想到水如何在他的身体里打转，最后到达肚子，也觉得是件很值得欣慰的事。

街上遇到朋友，更带给麦唛莫大的喜悦。

I see trees of green red roses too . I see them bloom for me & you And I think to myself what a wonderful

I see friends shaking hands saying 'How do you do' . They're really saying 'I love you' . I t

myself What a wonderful world . I see trees of green red roses too . I see them bloom f

大家都笑麦唛傻瓜。只是麦唛想，世界上有
这么多的东西，本来毫不相干——但转啊转的，
有惊无险，大家竟都找到了把椅子，相聚一起，
这还不是一场胜利，一种恩典吗？

　　想到这里，麦唛忍不住又要笑了。

d. The colours of the rainbow so pretty in the sky, are also on the faces of people going by

es cry I watch them grow They'll learn much more I'll never know, And I think to

& you And I think to myself What a wonderful world........

myself What a wonderful world.........

麦唛糅漆

　　达达一家刚从乡间搬到市区里居住。这几天，大家
都为收拾新屋而忙个不休。

　　达达负责把客厅的墙壁重新髹过。站在旁边的麦唛看见有
趣，于是要达达让它髹其中的一面墙壁。达达当然求之不得。

初时，麦唛的确感到十分有趣。

慢慢地，双手开始累了……

……爱睡的老毛病更发作起来

——"咽咽咽咽咽……"

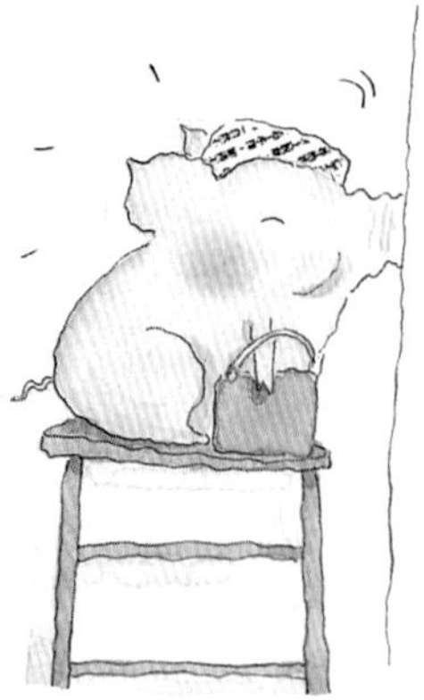

“嗯！”

……

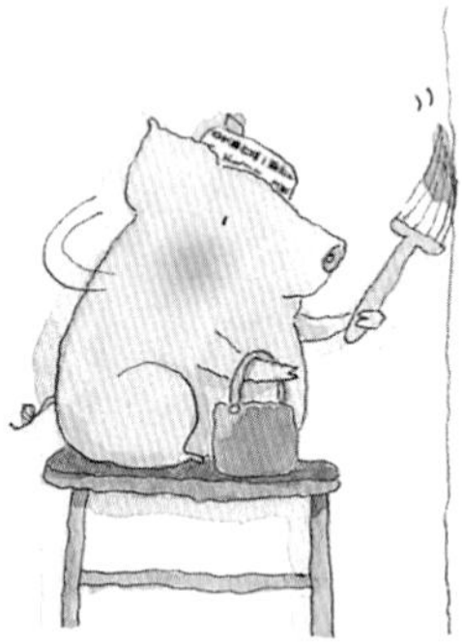

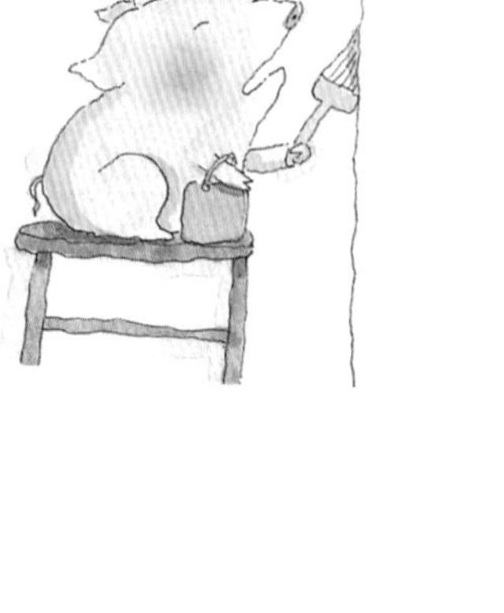

“咽咽咽……”

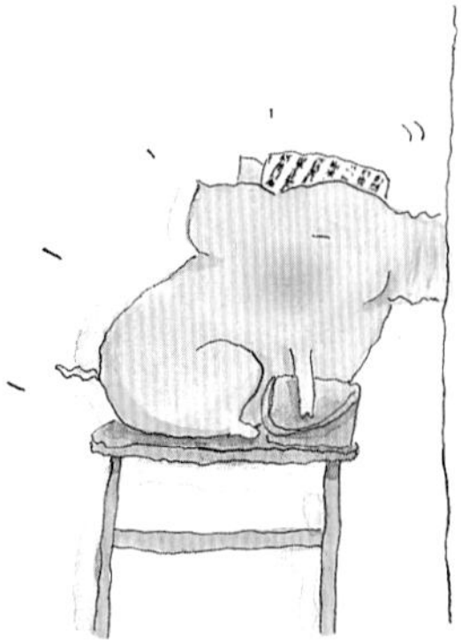

“嗯！”

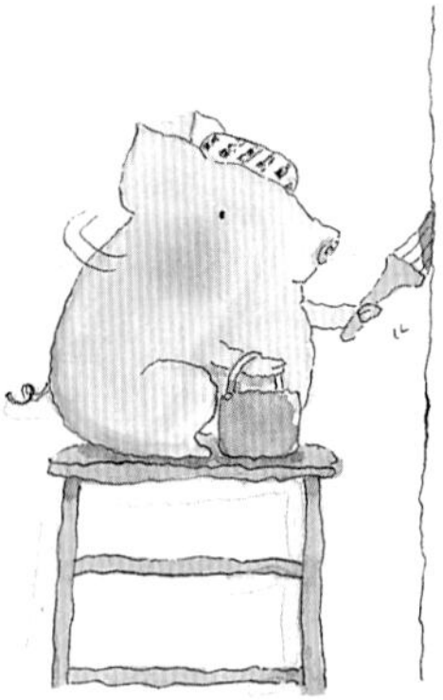

……

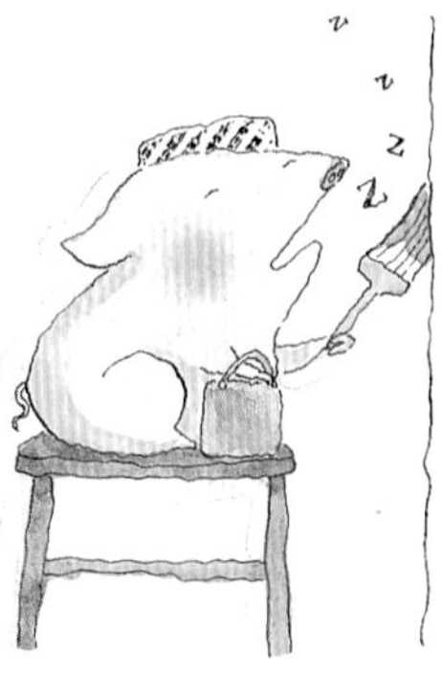

“呾呾呾……”

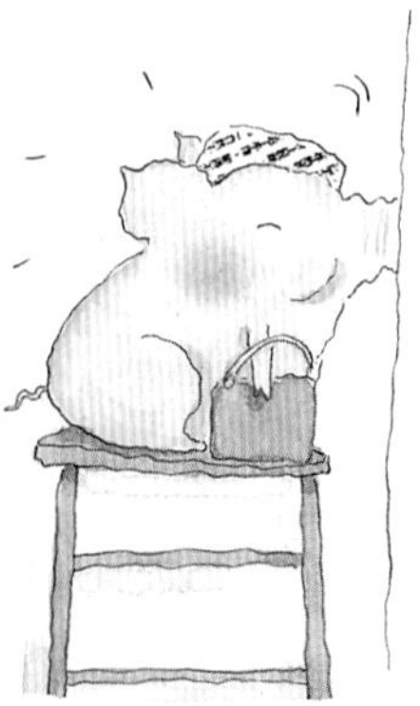

“嗯！”

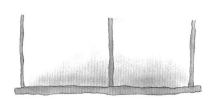

便这样，达达跟麦唛已工作了一整个下午。

这时候，达达高兴地
叫道："嗨！麦唛，我已经
髹完啦！"

麦唛表示它也快要鬆好了。

当他们从梯上爬下来时，他们都发现麦唛鬆的墙壁，上面印满了一个个小猪的鼻子！

　　大家都到来参观。出奇的是，他们竟然很喜欢麦唛的"花纹"。
"真好！生动自然。"爸爸赞道。细心的妈妈却发现了另一个问
题："可是达达豨的墙没有花纹，跟麦唛的那边不很相称呢！"

　　　　　　　　　　　　达达惟有尝试在墙
　　　　　　　　　　上画上点"猪鼻花纹"，
　　　　　　　　　　可是他怎样也画不像。

结果还是缘缘出了个好主意……

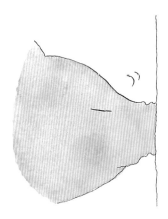

　　新屋布置妥当，好奇的邻居都探进头来参观。所有的人都被墙上的花纹吸引着。

　　"啊！多么别致的图案。我想我家的墙也该重新糅过了？可以告诉我这图案怎样做的吗？"

每逢有人问起这类问题，
麦唛都飞跑到椅子下躲起来。

葬　礼

　　自从那次天气突然转凉,阿辉便一病不起。麦唛、菇时和得巴每天都带食物和草叶探望阿辉,可是他什么也不吃,连口也未曾张开过。

　　日子一天天地过去, 阿辉依然是动也不动。朋友们心里都明白,阿辉就是不病死也会饿死,总之是死定的了。大家都很伤心。

伤心的同时，朋友们也积极地开始替阿辉准备后事。麦唛因为较富才情，悼词便由他负责起草。

得巴负责替阿辉造棺木。

而一向很少飞行的菇时，连日来也不住地在天空盘旋，希望给阿辉找到一块理想的墓地。

忙了一个多月，阿辉的后事也准备得差不多了。这天，麦唛、得巴和菇时一起到阿辉处，准备替阿辉的棺木复核尺寸，谁知门一推开，竟见到阿辉在屋内大吃大喝。

知道阿辉竟已完全康复，他们都是又意外，又高兴。

　　当阿辉问他们带着尺到他家里干什么时，他们虽然感到很尴尬，却还是吞吞吐吐地把实情告诉他。

　　阿辉也不生气，反而很有兴趣地要看看他们造的棺材。
　　"哗！这是我最喜爱的波波花纹啊！"阿辉对棺材甚为欣赏。

再读到麦唔撰写的悼词时，阿辉听得淌下泪来。

"哗！"看见菇时替
自己选的墓地风光秀
丽，阿辉禁不住又欢呼
起来。可是，正因为一切
都如此的尽善尽美，大
家欣慰之余，心里不免
都感到有点可惜……

这时，阿辉忽然提出一个古怪的建议："不如我假死，让葬礼可以举行。"

"好啊！"小动物都拍手赞成。

葬礼选择在一个清晨举行。初露的晨曦并没有及时把朝雾驱散。朦朦胧胧的空气里响起了一首哀伤的怨曲，那是得巴苦练多时才学会的，现在终于有机会一显身手。

悼词由撰写人麦唛
亲自朗读，感情自然运
用得恰到好处。

　这时，小动物渐渐回忆起过去与阿辉一起度过的日子——重大的经历，甚至一些以为早已忘记的琐事，突然都一一从脑海里浮现……所有的记忆，都告诉他们阿辉是他们最善良、最忠诚的朋友。

也不知是谁先哭，
总之大家都哭了……

……且愈哭愈厉害
——他们都舍不得阿辉！

突然，阿辉从棺材里跳起身说："我不死啦！"

太好了！他们高兴得互相拥抱着，笑了一回，又哭了几回，才想到这场葬礼不过是假的——但这个似乎并不重要。

当他们离开墓地，
一起跑下山坡时，
雾色已退。

那是一个和煦的早上，
春天的花开放得很美丽。

恐 龙 恋 曲 之 第 三 乐 章

他是一个邮差。

那时候还没有文字，邮差的工作是先要逐家逐户，把每句的口信细心记下。

　　接着，他穿过森林，越过沼泽；有时是几天，遇着风雨，更是数十天的行程，但始终，他总会在大家都渴望见到他的时候出现。

　　他把远方的口信逐一说出，说话时的语气、乡音，竟也有意无意地模仿了对方的亲人。

其实大家早已把他当做是自己的亲人了。接到开心的口信,他们必拉着他留下,跟他一起庆祝……

……说到伤心的事,邮差的眼泪往往比谁都先淌下。因为他早已把大家当做是亲人……

直到这天，他接到了一串不同大小、颜色的石子，同时彻底改变了他以后的工作。

他不用再听什么，也不用再说什么了。他拖着一串一串的石子，从一个门口，交到另一个门口。不用依靠邮差的记忆，要传达的信息于是更准确，时间也比以前节省得多了。大家都称赞这新发明的伟大。

渐渐地，人们感到自己的信件给邮差先看过，总是有点不妥。于是，他们开始把信件用树叶和大石密封，并告诉邮差，这是他们的"隐私"。

最后他连上门收信也不需要了。

每天，他拖着一包一包沉重的"隐私"，一包一包地把它们放到关闭着的门前，日子也便一天一天地流去。

"人总得进步啊！"他也很同意这个看法——但有时候，他拖着一大串对他毫无意义的大石，心里空洞得像头顶那原始的天空。

只有她，始终未学会结石。

　　为着工作，她独个儿居住在这里，却经常挂念着年老的母亲，每个月总要和她通一两次消息。因为她不会写信，邮差每经过这区，都必会到她家里，记下她要说的话，就像以往一样。

　　也有几回他尝试教她结石记事的方法，但不知是她左脑右脑或其他什么地方出了问题，平日颇聪敏的她，一到结石时便变得笨手笨脚，学习每次都是把邮差气得笑了而作罢。

　　之后大家也没提起学结石的事了。每次经过这区，邮差都先把手上的信件派完，到黄昏时，才出现在她的门前。他说，这可让他有更多的时间听取她的口信。

　　这天，因为要派的信多，当他傻兮兮地站在她家门前时，背后已闪亮着三两颗星星。于是她邀请他一起晚餐，就像很久很久以前的人对他所做的一样。

　　是的，只有与她在一起的时候，白天拖着的大石，才会真真正正地从他脑中送走。没有石子，没有"隐私"，围墙塌下，他只看见她，月亮下绯红的脸。

是不是因为月亮？她也不平静，自言自语般地，忽然幽幽地吐了一句话："希望在这里可以有自己的家。"

这话直钻入他的心底——再傻的他，也明白到这话的意思。

于是他执起木棒。按照当时的习俗，假如他轻击她的头一下，而她又假装晕倒，他们便是夫妻……但要是她不倒下，他又如何呢？以后还可以跟她一起吃芋泥吗？从未执起过木棒的他，心也几乎跳了出来……